胡适与他的诗

胡适 著

山东城市出版传媒集团·济南出版社

图书在版编目（CIP）数据

胡适与他的诗 / 胡适著. -- 济南 : 济南出版社，2017.11（2021.7重印）

（读诗吧）

ISBN 978-7-5488-2849-5

Ⅰ. ①胡… Ⅱ. ①胡… Ⅲ. ①诗集—中国—现代 Ⅳ. ①I226

中国版本图书馆CIP数据核字（2017）第277854号

出版人　崔　刚
责任编辑　李建议　雷　蕾
责任校对　陈文婕
装帧设计　李梦肖
出版发行　济南出版社
地　　址　济南市二环南路1号
编辑热线　0531-67883204
发行热线　0531-86131728　86922073　86131701
印　　刷　阳信龙跃印务有限公司
版　　次　2017年11月第1版
印　　次　2021年7月第2次印刷
成品尺寸　150mm×230mm　16开
印　　张　8.5
字　　数　70千
印　　数　1—10000册
定　　价　36.00元

Preface——编者记

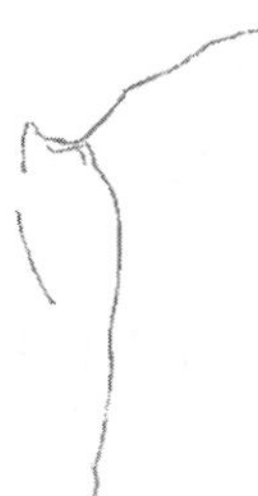

诗歌在中国历史上源远流长，绵延数千年，它犹如一颗颗璀璨的星，为你照亮过去，你可以肆意地徜徉在诗歌的长河中，感受世间美好。早在西周至春秋时代，我国诗歌就已产生了大批辉煌篇章，从先秦时期的《诗经》、战国后期的楚辞（骚体）、汉代的“乐府”诗，到诗歌黄金时代的唐诗宋词，一句句、一首首，无不诉说着诗人的家国情怀，或壮志凌云，或豪气冲天，或委婉悠扬，又或者更像是某人的细细耳语。诗人其实是告诉我们在人生成长道路上“勿忘初衷”，别忘了自己曾有一颗纯真“诗心”。

其实每个人的身体里都住着一个爱读诗的灵魂，只是我们在忙碌中总将它遗忘。《读诗吧》系列读物存在的意义就是为了唤醒国人沉寂已久的“诗魂”，就像央视节目《中国诗词大会》命题人之一方笑一先生在节目结束后说：“诗词的盛宴终将散去，激烈的比赛终将落幕，接下来正是翻开书卷，静心读诗的时候了。”

自1917年开始，《新青年》发表胡适《白话新诗八首》作为中国新诗的开端，新诗的发展已有百年。自此以后与古体诗相对应的新诗这一诗歌形式便不断发展，形成了不同的诗歌流派，按照新诗发展的历史，我们邀请相关专家精选我国现当代文学史上具有巨大影响力的诗人的代表作，凝聚成《读诗吧》系列。我们怀着一份敬畏、一份使命，希望将这些经受住一次次严格的检验和磨洗之后的作品传承下来。

首先我们精选了胡适、闻一多、戴望舒、徐志摩、林徽因等七位新诗诗人的经典名作。优中选优，为读者奉上第一季的书目。

其次，本套丛书将按照“诗人与诗”的编写体例，摘录诗人的生平资料，选用诗人各时期珍藏的图片，置入书中，与所选诗篇形成呼应和对比，让读者更近距离地了解诗人和理解诗歌内容。

再次，为丰富读者多层次的阅读需求，加入“朗读者”，邀请专业配音人员，以诗配乐朗读的形式呈现部分经典名篇，扫描二维码即可收听。并在书末加上了“诗抄”，形成了可读、可听、可写的新型诗集读本。

希望《读诗吧》能成为现代社会一股清流，充当起心灵导师的作用，并引导我们重新审视自己的生活，看看我们是否距离经典、距离文字太远了?

文字的力量，久违了。就让我们在一个慵懒的午后，看庭前花开花落，望天上云卷云舒，泡一杯陈年普洱，相约《读诗吧》，重新体会它、感受它……

目
Contents
录

关于 诗人

关于 诗

胡适 Hu Shi

关于 诗人

胡适：回首向来萧瑟处，也无风雨也无晴

曹媛/文

如果生活在五四前后的中国，只要向任何一个知识青年提问："你喜欢读什么杂志?"他会毫不迟疑地告诉你："《新青年》。"如果再问他："你最敬佩的人物是谁?"他同样会毫不迟疑地回答说："是胡适。"从那个时代过来的毛泽东就曾这样回答过。

纵观整部现代史，无论是文学变革还是北大复兴，胡适都是其中浓墨重彩的一笔。一生只有一妻，却演绎了诸多爱情故事；白话文运动饱受非议，却不卑不亢，和风细雨……

胡适到底是一个怎样的人?

初识一个人，先去一座城

"山绕清溪水绕城，白云碧嶂画难成。处处楼台藏野色，家家灯火读书声。"

这首《徽州》，勾勒出一方清幽的水土和古朴的民风。

没错，这个城是徽州。古往今来，徽州始终是一个神秘的城

“山绕清溪水绕城，白云碧嶂画难成。处处楼台藏野色，家家灯火读书声。”胡适的家乡在安徽绩溪，月光一样的小镇，青灰的墙壁，黛色的屋脊，永远的牛角样式，被春的翠绿慢慢掩映，高的，深的，庭院宅邸犹如青山里突兀升起的村落仙境。

市，徽州工艺、徽州文献、徽派建筑、徽州村落、徽州民俗……

一生痴绝处，无梦到徽州。青石小巷，是一条悠长的历史长廊。

徽州绩溪，是胡适的诞生地。

从绩溪县出发往西北方向走，一个多小时便到了上庄村。通往村子的一条石板铺就的古道，曲折蜿蜒。这条狭窄的石板路叫“适之路”。

一个村落历经沧海桑田，风吹日晒。房子会倾颓，包括胡适先生的故居，也几经改造。但唯一未曾修整的，就是这条石板铺就的“适之路”。

这条路，记载着他童年时代的嬉闹玩要，记录着他博士回国探母娶亲，更铭刻着一个中国近代文化启蒙运动先驱者的脚印。

单从文学角度来说，如果要列举“中国现代文学之最”的话，胡适要占去好几个第一：《文学改良刍议》一文是发动文学革命的第一个信号；《尝试集》是中国现代文学史上第一本新诗集；《终身大事》是第一个白话散文剧本。

说到这儿，不得不感谢一个叫梅溪学堂的地方。

1904年春天，胡适告别母亲和家乡，远到上海求学。梅溪学堂，承载着胡适最初的“文学革命”思想。

老师的黑板上每周都会出一道作文题，有一次，题目是：

"物竞天择，适者生存。试申其义"。

很明显，这是严复译的《天演论》里面的句子。胡适后来回忆道："中国在屡次战败之后，在庚子、辛丑大耻辱之后，这个'优胜劣汰，适者生存'的公式的确是一种当头棒喝，给了无数人绝大的刺激。几年之中，这种思想像野火一样，延烧着许多年青人的心血。"

这篇作文引起了一股改名字的风潮，有人改名孙竞存，有人改名杨天择。

胡适也要改，他之前在学堂的名字是胡洪骍。思来想去，他选了"适者生存"的"适"。

中国新诗，想必也是在适者生存中找寻了勇气。

老槐树的影子
在月光的地上微晃；
枣树上还有几个干叶，
时时做出一种没气力的声响。

——胡适《十一月二十四夜》（第一节）

读懂一个人，要解一本诗

胡适是写白话新诗的第一人，1916年8月23日，胡适在《新青年》杂志发表了一首诗，瞬间引起轩然大波。

两个黄蝴蝶，双双飞上天。
不知为什么，一个忽飞远。
剩下那一个，孤单怪可怜。
也无心上天，天上太孤单。
——胡适《蝴蝶》

鲁迅曾毫不避讳地讽刺和嘲笑胡适的新诗，认为他只是在一味地模仿西方文化，而离开人家几千年的根基，这种模仿只能是牙牙学语。

这首诗在现在看来似乎有点幼稚，放在当时，也的确让各路大家啼笑皆非，然而不得不说的是，正是这首看似幼稚的诗，开创了中国白话新诗的先河。

从此，中国白话新诗的创作不再孤独，新诗流派源源不断地发展。自《尝试集》这部中国现代文学史上第一部白话新诗集到现在，诗人的数量、质量都远远超越胡适那个时代的白话诗。

白话诗能有今天的成就到底归功于谁呢？答案肯定就是胡适。在这里，我们且不论这首诗的文学性，我们只从它对新诗的开创意义来看，它对后世文人的创作态度，对后世诗歌的开创作用仍是不可撼动的。

1921年，胡适到西山，友人熊秉三夫妇送给他一盆兰花草，他欢欢喜喜地带回家，读书写作之余精心照看，但直到秋天，也没有开出花来。于是就写了这首脍炙人口的小诗。

我从山中来，带着兰花草，
种在小园中，希望开花好。

一日望三回，望到花时过，
急坏看花人，苞也无一个。

眼见秋天到，移花供在家；
明年春风回，祝汝满盆花。

——胡适《希望》

“希望”是个比较抽象的概念，用开花来比喻，就变成可以感触得到的具体形象了。兰花开花应是有希望的，于是殷切地期待。然而一直望到花时过，仍不见花开。人的希望要实现，原不是容易的。“明年春风回，祝汝满盆花”是讲年年都有春天，可见希望不会泯灭。

借这首诗，胡适也表达了对白话文运动蓬勃发展的愿景。

倡导白话文运动，胡适遭遇无数讥讽和谩骂。但他总是温文尔雅，从不进行人身攻击。

羽戈说：“你看他，哪怕与政敌论战，都是和风细雨，平心静气，连一句刻薄话都罕见，更不必说粗口了。”

君子和而不同，周而不比。

胡适是倡导白话文的旗手，而黄侃是反对白话文的先锋。一次，黄侃在讲课中举例说：“如果胡适的太太死了，其家人电报必云：你的太太死了！赶快回来啊！长达11字。而文言仅需四字——妻丧速归。”

胡适不气不恼，只是温柔回击，令人叫绝。

课堂上，胡适对学生们说：“前几天，行政院有位朋友给我发信，邀我去行政院做秘书，我拒绝了。同学们如有兴趣，可用文言代我拟一则电文。”

学生写完后，胡适选了一则字数最少的——“才学疏浅，恐难胜任，恕不从命。”仅12个字，也算言简意赅。

但胡适说：“我的白话文电文就5个字：干不了，谢谢。”

学生们纷纷叹服。

如果说胡适的新诗引领了诗歌领域的新篇章，那其人品，无疑更是一个在思想冲击的动荡时代无可比拟的灯塔。

了解一个人，再说一段情

清末民初，喝过洋墨水或富贵显达者，纷纷追求“没有爱情的婚姻是不道德的”之新观念，抛弃包办婚姻与糟糠之妻遂成新潮流。

相较鲁迅让朱安一生苦等，徐志摩坚决与张幼仪离婚，胡适的婚姻却是一个例外，虽不善始，但已善终。

13岁时，母亲便做主给他定了婚。定婚后15年，胡适与江冬秀从未谋面。胡适内心也曾抗拒过、疑虑过、矛盾过，但终因“不忍伤几个人的心”而没有推翻婚事。

1917年，留美归来的北大教授胡适迎娶了江冬秀。

婚后，胡适写了一首诗自我宽解：

岂不爱自由？此意无人晓。
情愿不自由，也是自由了。

然而，风月总关情。

在胡适的情感世界里，从不只有江冬秀一个。除了现在已为人所熟知的韦莲司、曹诚英，和他有过绯闻的还有徐芳、杜威的第二任夫人洛维茨、陈衡哲，甚至陆小曼。他们的爱恨、他们的相思、他们的挣扎，交织在胡适的情感世界里，汇成一个个扣人心弦的故事。

比起徐志摩，胡适显然在爱情中更加沉敛，一旦发现和哪个女子爱得太深，他马上会打退堂鼓。在他的人生中，更重要的不是爱情，而是事业，是自己的形象。

所以，当爱情受世俗阻碍时，他很难有不顾一切的牺牲精神。

执手真难放，一别又经年，归来三万里外，相见大江边。更与同车北去，行遍两千里路，细细话从前。此乐大难得，高兴遂忘眠。

家国事、《罗马史》，不须言。眼中人物，算来值得几文钱。应念赫贞江上，有个同心朋友，相望尚依然。夜半罢清话，月圆正中天。

——胡适《水调歌头》

对爱情的惆怅与断然，纠结在胡适的内心，也写出了很多让人读罢心碎的诗篇。

人与人之间的相识与相交，尤其是爱情，都可以说是一种缘分。有时精心维护还是各奔东西；有时心灰意冷却会有莫名其妙的突然惊喜；该是自己的，始终都会凝聚在一起，不是自己的，终究会离去。

明知他是不曾来，
不曾来最好。
我也清闲自在，
免得为他烦恼。
——胡适《无题》

回望一个人，终叹墓志铭

1962年2月24日，胡适去南港中央研究院主持将在蔡元培馆召开的第五次院士会议。这天，他心情颇为愉快。

"科学的发展，要从头说起，从最基本的做起，绝不敢凭空地想迎头赶上。我去年说了25分钟的话，引起了'围剿'，不要去管它，那是小事体，小事体。我挨了40年的骂，从来不生气，并且欢迎之至，因为这是代表了自由中国的言论自由和思想自由。"

讲到自由的话题，胡适突然激动起来，声调也有些走样。突然他刹住了话头，停顿片刻，又接着说："好了好了，今天我们就说到这里，大家再喝点酒，再吃点点心吧，谢谢大家。"

胡适站在刚刚讲话的地方，含笑和一些告辞的人握手，正要转身和谁说话，忽然面色苍白，眼神顿止，仰身向后倒下……

一代名师硕儒，溘然长逝。

……

这个为学术和文化的进步，为思想和言论的自由，为民族的尊荣，为人类的幸福而苦心焦思，敝精劳神以致身死的人，现在在这里安息了！

我们相信形骸终要化灭，陵谷也会变易，但现在墓中这位哲人所给予世界的光明，将永远存在。

那搁浅的梦想，成了唯美的墓志铭。

给予世界的光明，将永远存在。

谦谦君子，温润如玉。“我的朋友胡适之。”时隔百年，北大学子依然喜欢隔空与其对话呐喊。

人生的短长，对于无穷的历史时空来说，实在微不足道，但在生命结束后，犹能被怀念，被评说，传为不朽的，就应该被尊崇为伟大的人了。

我想，胡适便是如此。

关于诗

蝴　蝶

两个黄蝴蝶，
双双飞上天。
不知为什么，
一个忽飞还。
剩下那一个，
孤单怪可怜；
也无心上天，
天上太孤单。

五年八月二十三日

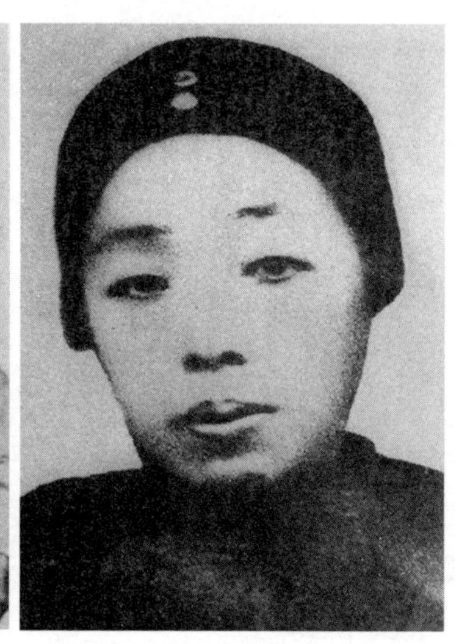

胡适的父母。

胡适的父亲胡传（1841—1895），字铁花，是胡家第一个读书做官的人，24岁考中秀才。胡适的母亲冯顺弟（1873—1918），是离上庄十余里的中屯人，她16岁那年与胡适的父亲成婚，成了上庄胡家的官太太。婚后第三年冬天，生下了胡传最小的儿子——胡适，那时的胡适叫“穈儿”。幼儿时期的胡适是幸福的，胡传常利用公务之余教小穈儿咿呀学字，享受到了短暂的天伦之乐。

江　上

十一月一日大雾，追思夏间一景，因此成诗。

雨脚渡江来，
山头冲雾出。
雨过雾亦收，
江楼看落日。

“

这时候我只有三岁零八个月。我仿佛记得我父亲死信到家时，我母亲正在家中老屋的前堂，她坐在房门口的椅子上。她听见读信人读到我父亲的死信，身子往后一倒，连椅子倒在房门槛上。东边房门口坐的珍伯母也放声大哭起来，一时满屋都是哭声，我只觉得天地都翻覆了！我只仿佛记得这一点凄惨的情状，其余都不记得了。

——甲午战争爆发第二年，胡传病故在厦门，胡适在《四十自述》中写道。

”

十二月五夜月

明月照我床，卧看不肯睡。
窗上青藤影，随风舞娟媚。

我爱明月光，更不想什么。
月可使人愁，定不能愁我。

月冷寒江静，心头百念消。
欲眠君照我，无梦到明朝！

病中得冬秀书

一

病中得他书，不满八行纸，
全无要紧话，颇使我欢喜。

二

我不认得他，他不认得我，
我总常念他，这是为什么？
岂不因我们，分定长相亲，
由分生情意，所以非路人？
海外“土生子”，生不识故里，
终有故乡情，其理亦如此。

三

岂不爱自由？此意无人晓。
情愿不自由，也是自由了。

六年一月十六日

“赫贞旦”答叔永

叔永昨以五言长诗寄我，有“已见赫贞夕，未见赫贞旦。何当侵晨去，起君从枕畔”之句。作此报之。

“赫贞旦”如何？听我告诉你。
昨日我起时，东方日初起，
返照到天西，彩霞美无比。
赫贞平似镜，红云满江底。
江西山低小，倒影入江紫。
朝霞渐散了，剩有青天好。
江中水更蓝，要与天争姣。
休说海鸥闲，水冻捉鱼难，
日日寒江上，飞去又飞还。
何如我闲散，开窗面江岸，
清茶胜似酒，面包充早饭。

“

胡适的母亲对胡适的管教很严，遵从丈夫的遗愿，送儿子读书。绩溪上庄一带，蒙学馆学费很低，每个学生每年一般只送两块银圆，据胡适回忆，他母亲第一年就送给先生6块钱，以后每年增加，最后一年加到12元，所以先生对胡适另眼相看，教书特别认真，胡适后来回忆说，他一生最得力的是讲书，是他母亲增加学金所得的大恩惠。到上学时胡适已认得千字，后陆续读了《小学》《论语》《孟子》《大学》《中庸》《诗经》《书经》《易经》《礼记》《纲鉴易知录》《御批通鉴辑》《资治通鉴》（据《四十自述》“九年的家乡教育”列表），这为他后来做学问打下了较为系统的文化基础。

”

老任倘能来，和你分一半。
更可同作诗，重咏“赫贞旦”。

六年二月十九日

生查子

前度月来时，
仔细思量过。
今度月重来，
独自临江坐。
风打没遮楼，
月照无眠我。
从来没见他，
梦也如何做？

六年三月六日

景不徙篇

《墨经》云，“景不徙，说在改为”。说曰，“景。光至景亡。若在，尽古息”。《庄子·天下》篇云，“飞鸟之影未尝动也”。此言影已改为而后影已非前影。前影虽不可见而实未尝动移也。

飞鸟过江来，投影在江水。
鸟逝水长流，此影何尝徙？

风过镜平湖，湖面生轻绉。
湖更镜平时，毕竟难如旧。

为他起一念，十年终不改。
有召即重来，若亡而实在。

六年三月六日

1904年，胡适到上海求学。进的第一所学堂——梅溪学堂是张焕纶先生创办的，课程有国文、算学、英文三门。1905年春，胡适转到澄衷学堂，除了之前的三门课程，还有物理、化学、博物、图画课，让胡适接触到了更多的西方现代文化。

朋友篇

——寄怡荪、经农

（将归诗之一）

粗饭还可饱，破衣不算丑。人生无好友，如身无足手。
吾生所交游，益我皆最厚。少年恨污俗，反与污俗偶。
自视六尺躯，不值一杯酒。倘非朋友力，吾醉死已久。
从此谢诸友，立身重抖擞。去国今七年，此意未敢负。
新交遍天下，难细数谁某。所最敬爱者，也有七八九。
学理互分剖，过失赖弹纠。清夜每自思，此身非吾有：
一半属父母，一半属朋友。便即此一念，足鞭策吾后。
今当重归来，为国效奔走。可怜程（东亭）郑（仲诚）张（希古），
少年骨已朽。作歌谢吾友，泉下人知否？

六年六月一日

文学篇

——别叔永、杏佛、觐庄

（将归诗之二）

吾将归国，叔永作诗赠别。有“君归何人劝我诗”之句。因念吾数年来之文学的兴趣，多出于吾友之助。若无叔永、杏佛，定无《去国集》。若无叔永、觐庄，定无《尝试集》。感此作诗别叔永，杏佛，觐庄。

我初来此邦，所志在耕种。文章真小技，救国不中用。
带来千卷书，一一尽分送。种菜与种树，往往来入梦。

匆匆复几时，忽大笑吾痴。救国千万事，何事不当为？
而吾性所适，仅有一二宜。逆天而拂性，所得终希微。

从此改所业，讲学复议政。故国方新造，纷争久未定。

学以济时艰，要与时相应。文章盛世事，今日何消问？

明年任与杨，远道来就我。山城风雪夜，枯坐殊未可。
烹茶更赋诗，有倡还须和。诗炉久灰冷，从此生新火。

前年任与梅，联盟成劲敌。与我论文学，经岁犹未歇。
吾敌虽未降，吾志乃更决。暂不与君辩，且著尝试集。

回首四年来，积诗可百首。做诗的兴味，大半靠朋友：
佳句共欣赏，论难见忠厚。如今远别去，此乐难再有。

暂别不须悲，诸君会当归。请与诸君期：明年荷花时，
春申江之湄，有酒盈清卮，无客不能诗，同作归来辞！

六年六月一日

“

我在学堂里的名字是胡洪骍。有一天的早晨，我请我二哥代我想一个表字。二哥一面洗脸，一面说，“就用‘物竞天择适者生存’的‘适’字，好不好?”我很高兴，就用“适之”二字（二哥字绍之，三哥字振之），后来我发表文字，偶然用“胡适”作笔名，直到考试留美官费时（1910）我才正式用“胡适”的名字。

——胡适《四十自述》

”

百字令

六年七月三夜，太平洋舟中，见月，有怀。

几天风雾，险些儿把月圆时辜负。
待得他来，又还被如许浮云遮住！
多谢天风，吹开明月，万顷银波怒！
孤舟载月，海天冲浪西去！

念我多少故人，如今都在明月飞来处。
别后相思如此月，绕遍地球无数！
几颗流星，长天空阔，有湿衣凉露。
低头自语：“吾乡真在何许?”

鸽　子

云淡天高，好一片晚秋天气！

有一群鸽子，在空中游戏。

看他们三三两两，

　　回环来往，

　　夷犹如意，——

忽地里，翻身映日，白羽衬青天，十分鲜丽！

老　鸦

一

我大清早起，
站在人家屋角上哑哑的啼。
人家讨嫌我，说我不吉利：——
我不能呢呢喃喃讨人家的欢喜！

二

天寒风紧，无枝可栖。
我整日里飞去飞回，整日里又寒又饥。——
我不能带着哨儿，翁翁央央的替人家飞；
也不能叫人家系在竹竿头，赚一把小米！

《竞业旬报》封面。

1906年夏天，胡适考入新成立的中国公学。在《竞业旬报》上，胡适发表了生平第一篇白话文章《地理学》，从旬报第3期开始连载小说《真如岛》，这是胡适生平所做的唯一一部长篇小说，但连载到第11回就停止了。1908年7月，胡适由投稿的作者变成了编者和记者。胡适对这一段经历做了一个总结，他说："这几十期的《竞业旬报》，不但给了我一个发表思想和整理思想的机会，还给了我一年多作白话的训练……我不知道我那几十篇文字在当时有什么影响，但我知道这一年多的训练给了我自己绝大的好处。白话文从此成了我的一种工具。七八年之后，这件工具使我能够在中国文学革命的运动里做一个开路的工人。"（胡适：《四十自述》）

三溪路上大雪里一个红叶

雪色满空山，抬头忽见你！
我不知何故，心里很欢喜；
踏雪摘下来，夹在小书里；
还想做首诗，写我欢喜的道理。
不料此理很难写，抽出笔来还搁起。

六年十二月二十二日

你莫忘记

（参看《太平洋》第十期“劫余生”通信）

你莫忘记：
　这是我们国家的大兵，
　逼死了三姨，逼死了阿馨，
　逼死了你妻子，枪毙了高升！……
你莫忘记：
　是谁砍掉了你的手指，
　是谁把你老子打成了这个样子！
　是谁烧了这一村，……
嗳哟！……火就要烧到这里了，——
你跑罢！莫要同我一齐死！……
回来！……
你莫忘记：
　你老子临死时只指望快快亡国：

亡给“哥萨克”，亡给“普鲁士”，——
都可以，——
总该不至——如此！……

七年六月二十八日初稿
七年八月二十三夜改稿
十一年三月十夜改稿

①1910年考取庚子赔款第二届官费留美的学生出国前留影（立者二排左一为胡适）。1910年8月，胡适来到美国的康奈尔大学纽约州立农学院，准备以农报国。

①

②

②留学康奈尔大学时的胡适（1914年）。开始学习后，胡适发现自己的兴趣并不在农业，而是在文学，1912年春，他便转入康奈尔大学文学院，改学哲学和文学了。

关不住了！

我说“我把心收起，
像人家把门关了，
叫爱情生生的饿死，
也许不再和我为难了。”

但是五月的湿风，
时时从屋顶上吹来；
还有那街心的琴调
一阵阵的飞来。
一屋里都是太阳光，
这时候爱情有点醉了，
他说，“我是关不住的，
我要把你的心打碎了！”

八年二月二十六日译美国SaraTeasdale的*Over the Roofs*

“应该”

他也许爱我，——也许还爱我，——
但他总劝我莫再爱他。
他常常怪我；
这一天，他眼泪汪汪的望着我，
说道：“你如何还想着我？
想着我，你又如何能对他？
你要是当真爱我，
你应该把爱我的心爱他，
你应该把待我的情待他。”
他的话句句都不错：——
上帝帮我！
我“应该”这样做！

八年三月二十日

我的朋友倪曼陀死后，于今五六年了。今年他的姊妹把他的诗文抄了一份寄来，要我替他编订。曼陀的诗本来是我喜欢读的，内有“奈何歌”二十首，都是哀情诗，情节很凄惨，我从前竟不曾见过。昨夜细读几遍，觉得曼陀的真情有时被辞藻遮住，不能明白流露。因此，我把这里面的第十五、十六两首的意思合起来，做成一首白话诗。曼陀少年早死，他的朋友都痛惜他。我当时听说他是吐血而死的，现在读他的未刻诗词，才知道他是为了一种很为难的爱情境地死的。我这首诗也可以算是表章哀情的微意了。

八年三月二十日

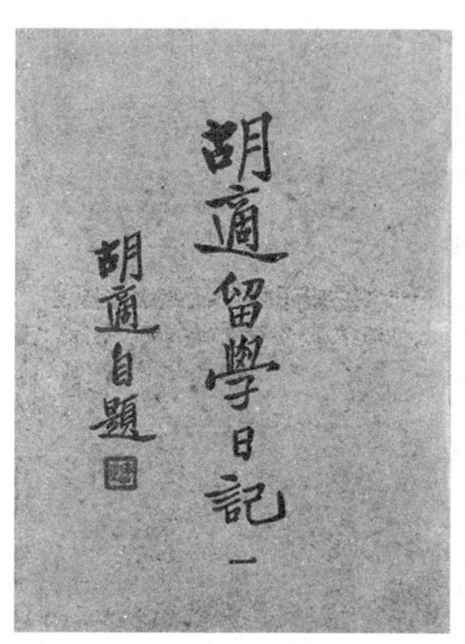

①

①《胡适留学日记》封面。胡适自16岁开始，直至去世的前三天，共留下二百多万字的日记。从日记看胡适，这位中国新文化的弄潮儿与代表人物展现给我们的，必定不只是他人生中精彩的一面，或许更多的，我们将看到隐秘于那些琐碎文字背后影射出的个性和真实自我，那便是一番别样的风景了。

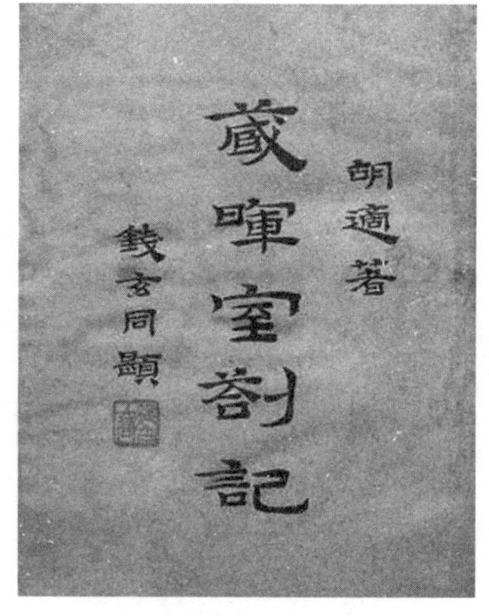

②

②《藏晖室札记》(书影)。《藏晖室札记》是胡适留美期间的日记和札记，曾在《新青年》陆续刊载过一部分。1939年由上海亚东图书馆出版；1947年改由上海商务印书馆重印，更名为《胡适留学日记》。

一颗星儿

我喜欢你这颗顶大的星儿。
可惜我叫不出你的名字。
平日月明时，月光遮尽了满天星，总不能遮住你。
今天风雨后，闷沉沉的天气，
我望遍天边，寻不见一点半点光明，
回转头来，
只有你在杨柳高头依旧亮晶晶地。

八年四月二十五夜

"威权"

"威权"坐在山顶上，
指挥一班铁索锁着的奴隶替他开矿。
他说："你们谁敢倔强？
我要把你们怎么样就怎么样！"

奴隶们做了一万年的工，
头颈上的铁索渐渐的磨断了。
他们说："等到铁索断时，我们要造反了！"

奴隶们同心合力，
一锄一锄的挖到山脚底。
山脚底挖空了，
"威权"倒撞下来，活活的跌死！

八年六月十一夜。是夜陈独秀在北京被捕；半夜后，某报馆电话来，说日本东京有大罢工举动。

小　诗

也想不相思，

可免相思苦。

几次细思量，

情愿相思苦！

有一天我在张慰慈的扇子上，写了两句话：“爱情的代价是痛苦，爱情的方法是要忍得住痛苦。”陈独秀引我这两句话，做了一条随感录，（《每周评论》二十五号）加上一句按语道：“我看不但爱情如此，爱国爱公理也都如此。”这条随感录出版后三日，独秀就被军警捉去了，至今还不曾出来，我又引他的话，做了一条随感录，（《每周评论》二十八号。）后来我又想这个意思可以入诗，遂用“生查子”词调，做了这首小诗。

八年六月二十八日

①杜威（1859—1952），是二十世纪美国最重要的哲学家之一。1914年6月，胡适从康奈尔大学毕业，随即进入研究院学习。次年9月，转入哥伦比亚大学哲学系研究部，主攻哲学。哥大哲学系的教授对胡适影响最大的就是杜威（John Dewey）。

①

②

②胡适任驻美国大使期间和老师杜威合影。胡适曾说：我的思想受两个人的影响最大，一个是赫胥黎，一个是杜威先生。赫胥黎教我怎样怀疑，教我不信任一切没有充分证据的东西。杜威先生教我怎样思想，教我处处顾到当前的问题，教我把一切学说理想都看作待证的假设，教我处处顾到思想的结果……（胡适：《介绍我自己的思想》）

乐观

《每周评论》于八月三十日被封禁，国内的报纸很多替我们抱不平的。我做这首诗谢谢他们。

一

“这棵大树狠可恶，
他碍着我的路！
来！
快把他斫倒了，
把树根也掘去。——
哈哈！好了！”

二

大树被斫做柴烧，
树根不久也烂完了。
斫树的人狠得意，

他觉得狠平安了。

三

但是那树还有许多种子，——

狠小的种子，裹在有刺的壳里，——

上面盖着枯叶，

叶上堆着白雪，

狠小的东西，谁也不注意。

四

雪消了，

枯叶被春风吹跑了。

那有刺的壳都裂开了，

每个上面长出两瓣嫩叶，

笑迷迷的好像是说：

“我们又来了！”

五

过了许多年，

坝上田边，都是大树了。
辛苦的工人，在树下乘凉；
聪明的小鸟，在树上唱歌，——
那斫树的人到那里去了？

八年九月二十夜

①

①1917年，26岁的胡适初任北大教授。9月开学后即讲授中国哲学史和英国文学等几门课程，并自编“中国哲学史大纲”讲义。当年北大哲学系三年级的学生，后来的著名哲学史家冯友兰先生，在回忆胡适的《中国哲学史大纲》时说：“这对于当时中国哲学史的研究，有扫除障碍，开辟道路的作用。”

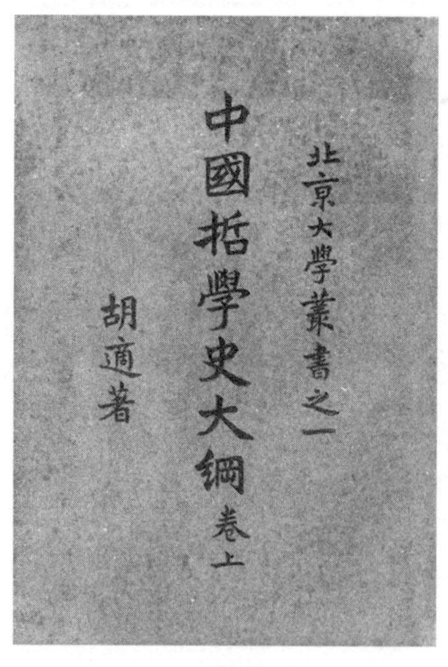

②

②《中国哲学史大纲·卷上》书影。胡适教授这门课程一年后，《中国哲学史大纲》的讲义也编印出来了，1919年2月由上海商务印书馆出版。蔡元培在序文中说：适之先生生于世传“汉学”的绩溪胡氏，禀有“汉学”的遗传性；虽自幼进新式的学校，还能自修“汉学”，至今不辍；又在美国留学的时候，兼治文学、哲学，于西洋哲学史是很有心得的。所以编中国古代哲学史的难处，一到先生手里，就比较的容易多了。

上　山

（一首忏悔诗）

“努力！努力！
努力望上跑！”

我头也不回，
汗也不揩，
拼命的爬上山去。

“半山了！努力！
努力望上跑！”

上面已没有路，
我手攀着石上的青藤，

脚尖抵住岩石缝里的小树，
一步一步的爬上去。

“小心点！努力！
努力望上跑！”
树桩扯破了我的衫袖，
荆棘刺伤了我的双手，
我好容易打开了一线路爬上山去。

上面果然是平坦的路，
有好看的野花，
有遮阴的老树。

但是我可倦了，
衣服都被汗湿遍了，
两条腿都软了。

我在树下睡倒，
闻着那扑鼻的草香，

便昏昏沉沉的睡了一觉。

睡醒来时，天已黑了，
路已行不得了，
“努力”的喊声也灭了。……

猛省！猛省！
我且坐到天明，
明天绝早跑上最高峰，
去看那日出的奇景！

八年九月二十八夜

（大家诗歌典藏馆　提供）

胡适自题的《尝试集》封面。

1916年7月，胡适宣布不再作文言诗词，开始尝试试验作白话诗，诗名就叫《尝试集》，并说：“天下绝没有不尝试而能成功的事，也没有不用尝试就可预料成败的事。”1919年8月，胡适将自己尝试了三年的白话诗变成一本集子。第二年交由上海亚东图书馆出版，这就是中国新文学史上第一部白话诗集《尝试集》。

一颗遭劫的星

北京《国民公报》响应新思潮最早，遭忌也最深。今年十一月被封，主笔孙几伊君被捕。十二月四日判决，孙君定临禁十四个月的罪。我为这事做这诗。

热极了！
更没有一点风！
那又轻又细的马缨花须，
动也不动一动！

好容易一颗大星出来；
我们知道夜凉将到了：——
仍旧是热，仍旧没有风，
只是我们心里不烦躁了。

忽然一大块黑云，

把那颗清凉光明的星围住；
那块云越积越大，
那颗星再也冲不出去！

乌云越积越大，
遮尽了一天的明霞；
一阵风来，
拳头大的雨点淋漓打下！

大雨过后，
满天的星都放光了。
那颗大星欢迎着他们，
大家齐说，“世界更清凉了！”

八年十二月十七日

许怡荪

序

七月五日，我与子高过中正街，这是死友许怡荪的住处。傍晚与诸位朋友游秦淮河，船遇金陵春，回想去年与怡荪在此吃夜饭，子高、肇南都在座，我们开窗望见秦淮河，那是我第一次见此河；今天第二次见秦淮，怡荪死已一年多了！夜十时我回寓再过中正街，凄然堕泪。人生能得几个好朋友？况怡荪益我最厚，爱我最深，期望我最笃！我到此四日，竟不忍过中正街，今日无意中两次过此，追想去年一月之夜话，那可再得？归寓后作此诗，以写吾哀。

怡荪！
我想像你此时还在此！
你跑出门来接我，
我知道你心里欢喜。

胡适与他的夫人江冬秀女士。

胡适与妻子江冬秀的婚姻由胡适母亲包办。在当时自由恋爱风气兴起后，胡适并未像其他青年一样毁掉婚约，而是继续维持，对此，胡适在后来的日记中写道："假如我那时忍心毁约，使这几个人终身痛苦，我良心上的责备，必然比什么痛苦都难受。"

你夸奖我的成功，
我也爱受你的夸奖；
因为我的成功你都有份，
你夸奖我就同我夸奖你一样。

我把一年来的痛苦也告诉了你，
我觉得心里怪轻松了；
因为有你分去了一半，
这担子自然就不同了。

我们谈到半夜，
半夜我还舍不得就走。
我记得你临别时的话：
“适之，大处着眼，小处下手！”……

车子忽然转湾，
打断了我的梦想。
怡荪！
你的朋友还同你在时一样！

一 笑

十几年前，
一个人对我笑了一笑。
我当时不懂得什么，
只觉得他笑的很好。

那个人后来不知怎样了，
只是他那一笑还在：
我不但忘不了他，
还觉得他越久越可爱。
我借他做了许多情诗，
我替他想出种种境地：
有的人读了伤心，
有的人读了欢喜。

欢喜也罢，伤心也罢，

其实只是那一笑
我也许不会再见着那笑的人，
但我很感谢他笑的真好。

九·八·十二

胡适在美国的女友韦莲司（Edith Clifford Williams）。

韦莲司，全名为艾迪丝·克利福德·韦莲司（Miss Edith Clifford Williams），是胡适就读的康奈尔大学地质学教授的女儿。1914年，与胡适相识在景色优美的小镇绮色佳。自此之后，胡适经常与她谈论艺术和生活，胡适曾说："吾自识吾友韦女士以来，生平对女子之见解为之大变。对男女交际之关系亦为之大变。"韦莲司与胡适有近五十年的书信来往，终生未嫁，胡适过世后，她将胡适的信件用打字机重新打印，全部捐给胡适纪念馆。

我们三个朋友

（九，八，二二，赠任叔永与陈莎菲。）

（上）

雪全消了，

春将到了，

只是寒威如旧。

冷风怒号，

万松狂啸，

伴着我们三个朋友。

风稍歇了，

人将别了，——

我们三个朋友。

寒流秃树，

溪桥人语，——

此会何时重有？

（下）

别三年了！

月半圆了，

照着一湖荷叶；

照着钟山，

照着台城，

照着高楼清绝。

别三年了，

又是一种山川了，——

依旧我们三个朋友。

此景无双，

此日最难忘，——

让我的新诗祝你们长寿！

湖　上

九，八，二四，夜游后湖——即玄武湖，——主人王伯秋要我作诗，我竟做不出诗来，只好写一时所见，作了这首小诗。

水上一个萤火，
水里一个萤火，
平排着，
轻轻地，
打我们的船边飞过。
他们俩儿越飞越近，
渐渐地并作了一个，

胡适一生的最爱——曹佩声。

曹佩声，名诚英，绩溪旺川人，是胡适三嫂同父异母的妹妹。在胡适与江冬秀结婚时，她是伴娘中的一个，那是两人第一次见面。胡适婚后，两人经常书信往来。1923年，胡适与曹佩声相遇在杭州烟霞洞，同是包办婚姻受害者的两人，擦出了爱情的火花。但这场爱恋让江冬秀知晓后，婚自然没有离成，最后也只是“忽闻河东狮子吼，拄杖落手心茫然”。曹佩声后来终生未嫁，终年71岁。

梦与诗

都是平常经验，
都是平常影象，
偶然涌到梦中来，
变幻出多少新奇花样！

都是平常情感，
都是平常言语，
偶然碰着个诗人，
变幻出多少新奇诗句！

醉过才知酒浓，
爱过才知情重：——
你不能做我的诗，
正如我不能做你的梦。

自跋：

这是我的“诗的经验主义”（Poetic empiricism）。简单一句话：做梦尚且要经验做底子，何况做诗？现在人的大毛病就在爱做没有经验做底子的诗。北京一位新诗人说“棒子面一根一根的往嘴里送”；上海一位诗学大家说“昨日蚕一眠，今日蚕二眠，明日蚕三眠，蚕眠人不眠！”吃面养蚕何尝不是世间最容易的事？但没有这种经验的人，连吃面养蚕都不配说。——何况做诗。

九·一〇·一〇

礼!

他死了父亲不肯磕头,
你们大骂他。
他不能行你们的礼,
你们就要打他。

你们都能呢呢啰啰的哭,
他实在忍不住要笑了。
你们都有现成的眼泪,
他可没有,——他只好跑了。

你们串的是什么丑戏,
也配抬出“礼”字的大帽子!
你们也不想想,
究竟死的是谁的老子?

九·十一·二五

沈从文与张兆和。

1928年4月，胡适任上海吴淞的中国公学校长。他尽心培养学生，克服种种困难，还破格延聘沈从文。沈从文在中国公学教“小说习作”期间，爱上了学生张兆和，给她写了很多情书，张兆和纠缠不过，要校长管管。胡适问清来由，笑着说：“沈先生的文章写得很漂亮，这些情书你不妨留着看看；或者回他一封信，如认为他并无恶意，做个朋友也好。否则，婚姻是不能勉强的。”就这样，促成了沈从文与张兆和的姻缘。

十一月二十四夜

老槐树的影子
在月光的地上微晃；
枣树上还有几个干叶，
时时做出一种没力气的声响。

西山的秋色几回招我，
不幸我被我的病拖住了。
现在他们说我快要好了，
那幽艳的秋天早已过去了。

九·十一·二五

醉与爱

沈玄庐说我的诗“醉过才知酒浓，爱过才知情重”的两个“过”字，依他的经验，应该改作“里”字。我戏做这首诗答他。

你醉里何尝知酒力?
你只和衣倒下就睡了。
你醒来自己笑道，
“昨晚当真喝醉了!”
爱里也只是爱，——
和酒醉很相像的。
直到你后来追想，
“哦!爱情原来是这么样的!”

十·一·二七

死 者

为安庆此次被军人刺伤身死的姜高琦作。

他身上受了七处刀伤，
他微微地一笑，
什么都完了！
他那曾经沸过的少年血
再也不会起波澜了！

我们脱下帽子，
恭敬这第一个死的。——
但我们不要忘记：
请愿而死，究竟是可耻的！

我们后死的人，

除夕詩

胡適

除夕過了六七日，
忽然有人來討除夕詩！
除夕一去不復返，
如今回想也未免太遲！
那天孟和請我吃年飯，
記不清楚幾隻碗，
但記海參鯉魚下餃子，
聽說這是北方過年的習慣！
濃茶水果助談天，
天津梨子真新鮮！

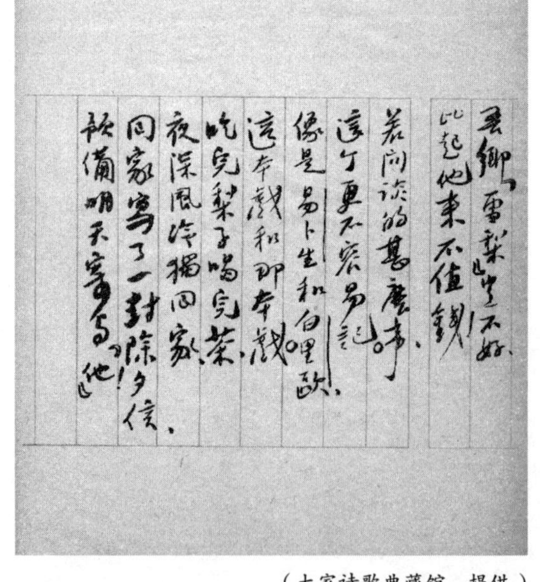

吾鄉雪梨也不壞，
比起他來不值錢！
若問談的甚麼事，
這个更不容易記。
像是易卜生和白里歐，
這本戲和那本戲。
吃完梨子喝完茶，
夜深風冷獨回家，
回家寫了一封除夕信，
預備明天寄給他！

胡适手稿。胡适有较深厚的书法功底，书法作品具有较高的书法审美价值。胡适的书法文雅、含蓄、隽永、流畅，无雕琢气、浮躁气，更重注内在的气韵和整体的表现。

（大家诗歌典藏馆　提供）

尽可以革命而死！

尽可以力战而死！

但我们希望将来

永没有第二人请愿而死！

我们低下头来，

哀悼这第一个死的。——

但我们不要忘记

请愿而死，究竟是可耻的！

十·六·十七

希　望

我从山中来，
带着兰花草；
种在小园中，
希望开花好。

一日望三回，
望到花时过；
急坏看花人，
苞也无一个。

眼见秋天到，
移花供在家；
明年春风回，
祝汝满盆花！

十·十·四

晨星篇

（送叔永、莎菲到南京）

我们去年那夜，
豁蒙楼上同坐；
月在钟山顶上，
照见我们三个。
我们吹了烛光，
放进月光满地；
我们说话不多，
只觉得许多诗意。

我们做了一首诗，
——一首没有字的诗，——
先写着黑暗的夜，
后写着晨光来迟；
在那欲去未去的夜色里，

胡适在香港大学获授名誉博士学位后留影。

1935年1月，胡适因接受香港大学的名誉博士学位，到南方游历讲学。《图本胡适传》中提到："胡适喜欢演说，朋友们常笑他'卖膏药'。这次在香港，因心情愉快，演说'卖膏药'更起劲了，一共住了五天，却演讲了五次，三次用英文，两次用国语。演讲的内容，也还是三句不离本行：谈教育，谈新文化，提倡白话，反对文言，反对尊孔读经。"

我们写着几颗小晨星，

虽没有多大的光明，

也使那早行的人高兴。

钟山上的月色

和我们别了一年多了；

他这回照见你们，

定要笑我们这一年匆匆过了。

他念着我们的旧诗，

问道，“你们的晨星呢？

四百个长夜过去了，

你们造的光明呢？”

我的朋友们，

我们要暂时分别了；

“珍重珍重”的话，

我也不再说了。——

在这欲去未去的夜色里，

努力造几颗小晨星；

虽没有多大的光明，
也使那早行的人高兴！

十·十二·八

大明湖

哪里有大明湖！
我只看见无数小湖田，
无数芦堤，
把一片好湖光
划分的七零八落！

这里缺少一座百尺高楼，
让游人把眼界放宽，
超过这许多芦堤柳岸，
打破这种种此疆彼界，
依然还我一个大明湖。

十一·十·十五

胡适任驻美大使时的照片。

1938年9月17日，国民政府发表特任胡适为中华民国驻美利坚合众国特命全权大使。10月5日，胡适赴华盛顿就任。胡适稍后写了一首白话小诗，表明自己的心境，诗曰：偶有几茎白发，心情微近中年。做了过河卒子，只能拼命向前。（此诗作于1938年10月31日，后收入《尝试后集》，题为《题在自己的照片上，送给陈光甫》）胡适担任大使，到各地巡回演说，美国《纽约时报》的评论说："重庆政府寻遍中国全境，可能再也找不到比胡适更合适的人物了。他所到之处都能为自由中国赢得支持。"

秘魔崖月夜

依旧是月圆时，
依旧是空山，静夜；
我独自月下归来，——
这凄凉如何能解！

翠微山上的一阵松涛
惊破了空山的寂静。
山风吹乱了窗纸上的松痕，
吹不散我心头的人影。

十二·十二·二十二

江城子

翠微山上乱松鸣。
月凄清，
伴人行；
正是黄昏，人影不分明。
几度半山回首望，——
天那角，
一孤星。

时时高唱破昏冥，
一声声，
有谁听？
我自高歌，我自遣哀情。
记得那回明月夜，
歌未歇，
有人迎。

十三·一·二十七

鹊桥仙·七夕

疏星几点，
银河淡淡，
新月遥遥相照。
双星仍旧隔银河，
难道是相逢嫌早？

不须蛛盒，
不须瓜果，
不用深深私祷。
学他一岁一相逢，
那便是天孙奇巧。

一九二四年八月，与丁在君同在北戴河

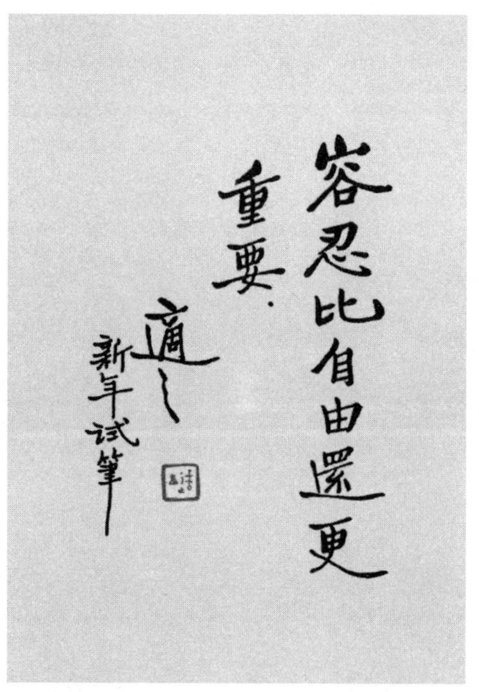

胡适手书。

胡适说："我应该用容忍的态度来报答社会对我的容忍。我现在常常想，我们还得戒律自己：我们着想别人容忍谅解我们的见解，我们必须先养成能够容忍谅解别人的见解的度量。"

多　谢

多谢你能来，
慰我山中寂寞，
伴我看山看月，
过神仙生活。

匆匆离别便经年，
梦里总相忆。
人道应该忘了，
我如何忘得！

十三年

译白朗宁的《你总有爱我的一天》

你总有爱我的一天！
我能等着你的爱慢慢地长大。
你手里提的那把花，
不也是四月下的种，六月才开的吗？

我如今种下满心窝的种子；
至少总有一两粒生根发芽，
开的花是你不要采的，——
不是爱，也许是一点儿喜欢罢。

我坟上开的一朵紫罗兰，——
爱的遗迹，——你总会瞧他一眼：
你那一眼吗？抵得我千般苦恼了。
死算什么？你总有爱我的一天。

十四年（一九二五）五月

一个人的话

“忍了好几天的眼泪，
总没有哭的机会。
今天好容易没有人了，
我要哭他一个痛快。”

“满心头的不如意，
都赶着泪珠儿跑了。
我又可以舒服几天，
又可以陪着人们笑了。”

十四年六月二日

瓶　花

满插瓶花罢出游。
莫将攀折为花愁。
不知烛照香熏看，
何似风吹雨打休？

范成大《瓶花》二之一

不是怕风吹雨打，
不是羡烛照香薰。
只喜欢那折花的人，
高兴和伊亲近。

花瓣儿纷纷谢了，
劳伊亲手收存，
寄与伊心上的人，

当一篇没有字的书信。

十四年六月六日

十七年改稿

赵元任作曲谱

1946年，55岁的胡适就任北大校长。

1946年10月10日，北京大学举行复员复校后的开学典礼。胡适以校长的身份向全校师生讲话，他说：“不盲从，不受欺骗，不用别人的耳朵当耳朵，不用别人的眼睛当眼睛，不用别人的头脑当自己的头脑。”（文见1946年10月11日天津《大公报》）

也是微云

也是微云，
也是微云过后月光明。
只不见去年的游伴，
也没有当日的心情。

不愿勾起相思，
不敢出门看月。
偏偏月进窗来，
害我相思一夜。

似是十四年稿
赵元任作曲谱

素　斐

梦中见你的面，
一忽儿就惊觉了。
觉来终不忍开眼，——
明知梦境不会重到了。

“留这只鸡，等爸爸来，
爸爸今天要上山来了。……”
那天晚上我赶到时，
你已死去两三回了。

病院里，那天晚上，
我刚说出“大夫”两个字，
你那一声怪叫，
至今还在我耳朵边直刺。

今天梦里的病容，

那晚上的一声怪叫，

素斐，不要让我忘了，

永永留作人间苦痛的记号。

十六年二月五日，在美洲，梦见亡女，醒来悲痛作此诗。

“他们所住的是大使级的住宅区，但是他那所破烂的公寓，却没有大使级的防盗设备。在这盗匪如毛的纽约市，二老幽居，真是插标卖首！——1949年4月，胡适住进纽约东城81街104号，开始了在美国的生活。这里的生活不仅清苦，连日常保障都没有，唐德刚在《回忆胡适之先生与口述历史》中这样写。”

旧　梦

山下绿丛中，
瞥见飞檐一角，
惊起当年旧梦，
泪向心头落。

隔山遥唱旧时歌，
声苦没人懂。——
我不是高歌，
只是重温旧梦。

十六年（一九二七）七月四日

三年不见他

——十八年一月重到北大

三年不见他，
就自信能把他忘了。
今天又看见他，
这久冷的心又发狂了。

我终夜不成眠，
萦想着他的愁，病，衰老。
刚闭上了一双倦眼，
又只见他庄严曼妙。

我欢喜醒来，
眼里还噙着两滴欢喜的泪，
我忍不住笑出声来，
“你总是这样叫人牵记！”

十八年一月二十五日

我十五年六月离开北京，由西伯利亚到欧洲。十六年一月从英国到美国。十六年五月回国，在上海租屋暂住。到十八年一月，才回到北方小住。不久又回到上海。直到十九年十二月初，才把家搬回北平。

胡适在南港“中央研究院”的住宅中。

1957年11月，蒋介石圈定胡适为“中央研究院”院长。1958年4月，胡适飞离美国，结束了他在美国整整九年的流亡生活。胡适曾在给陈之藩的信中写道：我打算回去，是因为我今年66岁了，应该安定下来，利用南港史所的藏书，把几部未完的书写出来。从此以后，胡适在台湾生活了近四年的时间。

夜 坐

夜坐听潮声，
天地一般昏黑。
只有潮头打岸，
涌起一层银白。

忽然海上放微光，
好像月冲云破。
一点——两点——三点——
是渔船灯火。

二十·八·十二在秦皇岛，与丁在君同住

怎么好?

（为燕树棠先生题冯玉祥先生画的人力车夫）

冯玉祥先生自题诗云：

苦同胞！不拉车，不能饱。
若拉车，牛马跑，
得肺病，活不了。
苦同胞，怎么好！
君不见，委员们，被鱼翅燕菜吃病了！
社会如此好不好?

一九三一·十一·十五

怎么好？我问你。
不怕天，不怕地，
只怕贫穷人短气，
作牛作马给人骑。

怎么好？有办法。
赛先生，活菩萨，
叫以太给咱送信，
叫电气给咱打杂。

怎么好？并不难。
信科学，总好办。
打倒贫穷打倒天，
换个世界给你看。

二十年（一九三一）十一月二十九日

①

②

③

①1961年，胡适夫人江冬秀由美国返回台湾，胡适到机场迎接妻子。

②1961年12月17日，胡适在台大医院过70岁大寿时与夫人的合影。

③1961年12月17日，胡适在病床上过70岁大寿，举手向道贺者答礼。

狮　子

——悼志摩

狮子[①]蜷伏在我的背后，
软绵绵的他总不肯走。
我正要推他下去，
忽然想起了死去的朋友。

一只手拍着打呼的猫，
两滴眼泪湿了衣袖；
“狮子，你好好的睡罢，——
你也失掉了一个好朋友。”

二十·十二·四

①狮子是志摩住我家时最喜欢的猫。

戏和周启明打油诗

先生在家像出家，虽然弗着倫袈裟。
能从骨董寻人味，不惯拳头打死蛇。
吃肉应防嚼朋友，打油莫待种芝麻。
想来爱惜绍兴酒，邀客高斋吃苦茶。

二十三·一·十七

启明曾说他们的祖父爱说诙谐话。有个朋友受他的恩惠，后来不曾报恩，反成嫌怨。此人死后，周老先生说，夜来梦见此人反穿皮袄来拜说，今生负恩来生报答。周老先生说，后来每吃玄肉总不免想到这位朋友。

飞行小赞

看尽柳州山，
看遍桂林山水，
天上不须半日，
地上五千里。

古人辛苦学神仙，
要守百千戒。
看我不修不炼，
也腾云无碍。

二十四·一

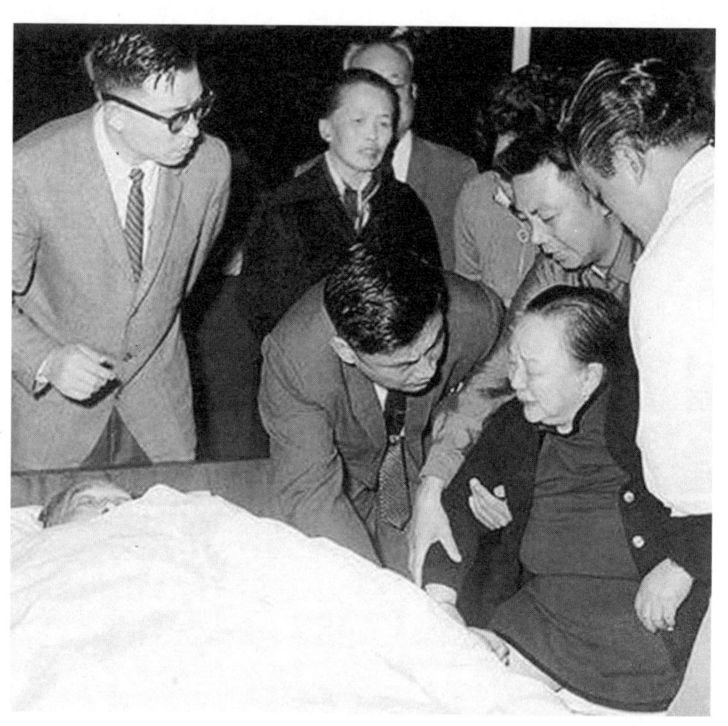

1962年2月24日，胡适去南港“中央研究院”，主持将在蔡元培馆召开的第五次院士会议，下午的酒会临近结束时，胡适突然倾身倒在地上，不省人事，医救无效。胡适因心脏病突发过世，江冬秀痛哭不已。

无心肝的月亮

我本将心托明月，
谁知明月照沟渠！
——明人小说中有此两句无名的诗

无心肝的月亮照着沟渠，
也照着西山山顶。
他照着飘摇的杨柳条，
也照着瞌睡的“铺地锦”。①

他不懂得你的喜欢，
他也听不见你的长叹。
孩子，他不能为你勾留，
虽然有时候他也吻着你的媚眼。

① “铺地锦”，小花名portulaca。

孩子，你要可怜他，——
可怜他跳不出他的轨道。
你也应该学学他，
看他无牵无挂的多么好。

二十五年·五·十九

从纽约省会（Albany）回纽约市

四百里的赫贞江，
从容的流下纽约湾，
恰像我的少年岁月，
一去了永不回还。

这江上曾有我的诗，
我的梦，我的工作，我的爱。
毁灭了的似绿水长流。
留住了的似青山还在。

一九三八年四月十九日

寄给在北平的一个朋友

藏晖先生昨夜作一梦，
梦见苦雨庵中吃茶的老僧，
忽然放下茶钟出门去，
飘萧一杖天南行。
天南万里岂不大辛苦？
只为智者识得重与轻。——
醒来我自披衣开窗坐，
谁人知我此时一点相思情！

一九三八·八·四　在伦敦

一枝箭，一只曲子

我望空中射出了一枝箭，
射出去就看不见了。
他飞的那么快，
谁知道他飞的多么远了？

我向空中唱了一只曲子，
那歌声四散飘扬了。
谁也不会知道，
他飘到天的那一方了。

过了许久许久的时间，
我找着了那枝箭，
钉在一棵老橡树高头，
箭杆儿还没有断。

①

②

③

①蒋介石手写的挽联。其辞曰：适之先生千古，新文化中旧道德的楷模；旧伦理中新思想的师表。这一副概括了胡适一生的挽联，悬挂在灵堂中央。

②胡适出殡之前，前往灵堂瞻仰遗容的市民络绎不绝。

③1962年3月2日，胡适丧礼，送殡的各界人士达数万人。

那只曲子，我也找着了，——
说破了倒也不希奇，——
那只曲子，从头到尾，
记在一个朋友的心坎儿里。

一九四三·六·十四夜·初译
六·二十三改稿

THE ARROW AND THE SONG

By Henry Wadsworth Longfellow

I shot an arrow into the air,
It fell to earth, I know not where;
For, so swiftly it flew, the sight
Could not follow it in it's flight.

I breathed a song into the air,
It fell to earth, I know not where;

胡适故居位于安徽省绩溪县上庄镇上庄村，是两进三间砖木结构楼房，始建于1897年，是典型的晚清徽派建筑。如今的故居，简朴而充满书香气，好似在向人们讲述着这位学者丰富又复杂的一生。

For who has sight so keen and strong
That it can follow the flight of song?

Long, long afterward, in an oak
I found the arrow, still unbroke;
And the song, from beginning to end,
I found again in the heart of a friend.

这是美国诗人Henry Wadsworth Longfellow的一首小诗，题为The Arrow and the Song，原为三节，我把第三节分做两节，比较明白一点。

这诗不算是朗菲罗的好诗，但是第三节人多爱念。我十几岁时在中国公学念这首诗，就想译他。那时我还写古文，总觉得翻译不容易。今夜试用白话，稍稍改换原诗文字，译出后还觉得不很满意。

适之

朗读者

扫描

二维码

倾听

王杨为你

读诗

张开口，用方言、普通话，或者其他语言，一起读诗，发出内心最朴素的声音……

选读诗篇：

蝴蝶

梦与诗

秘魔崖月夜

也是微云

希望

一笑

诗 抄

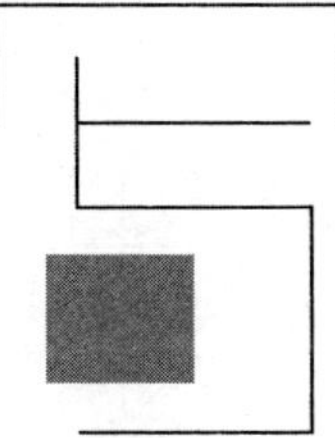

动动手，为自己、为他人、为内心写首诗吧！

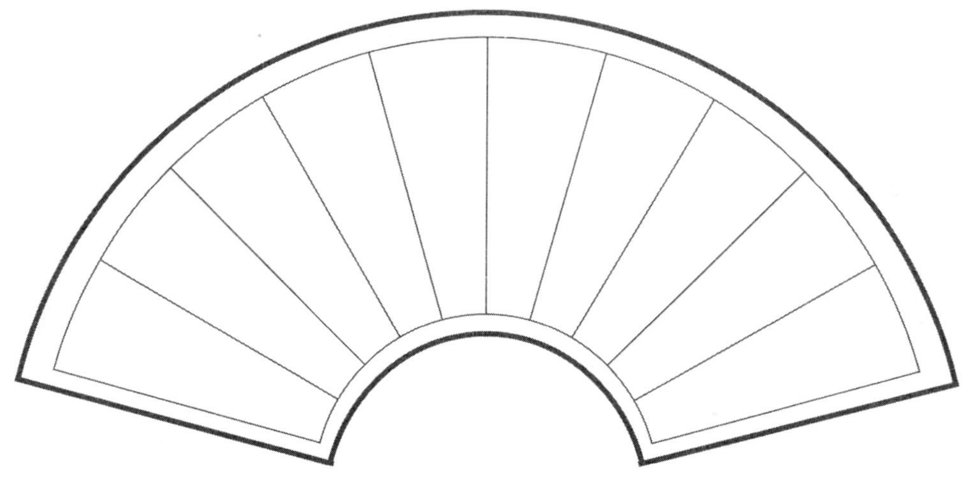

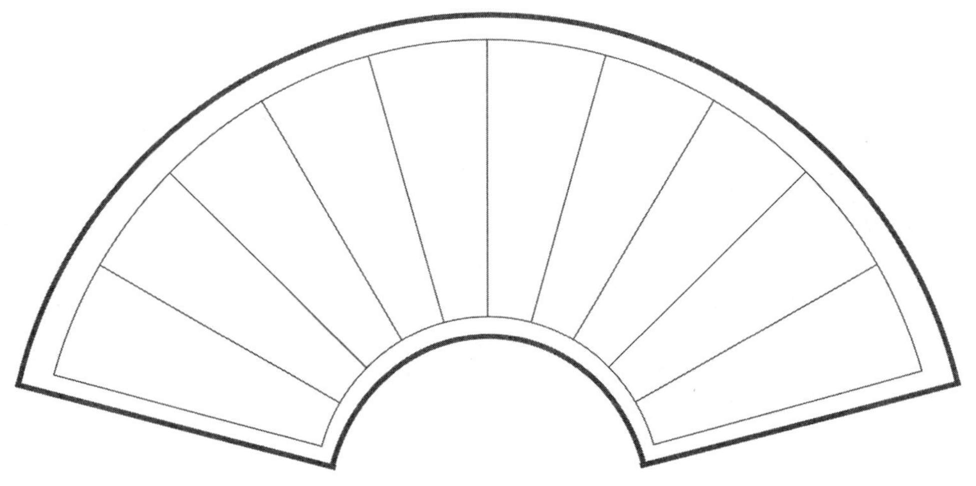

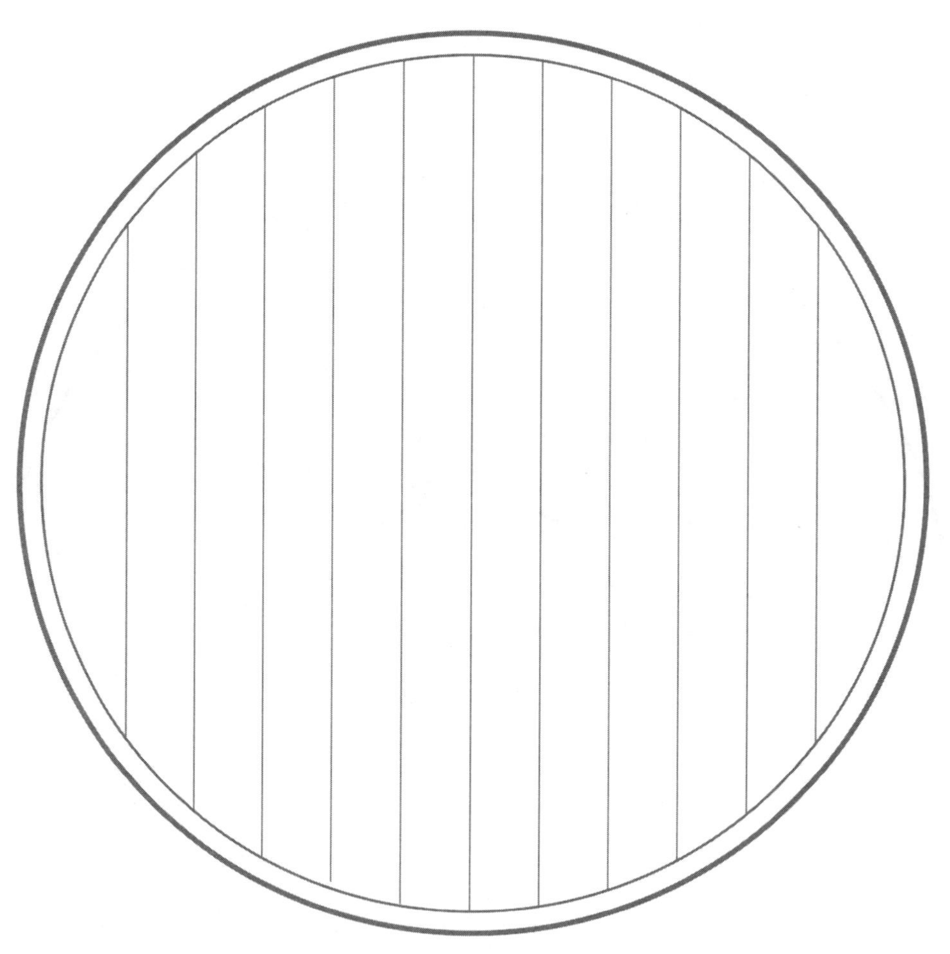

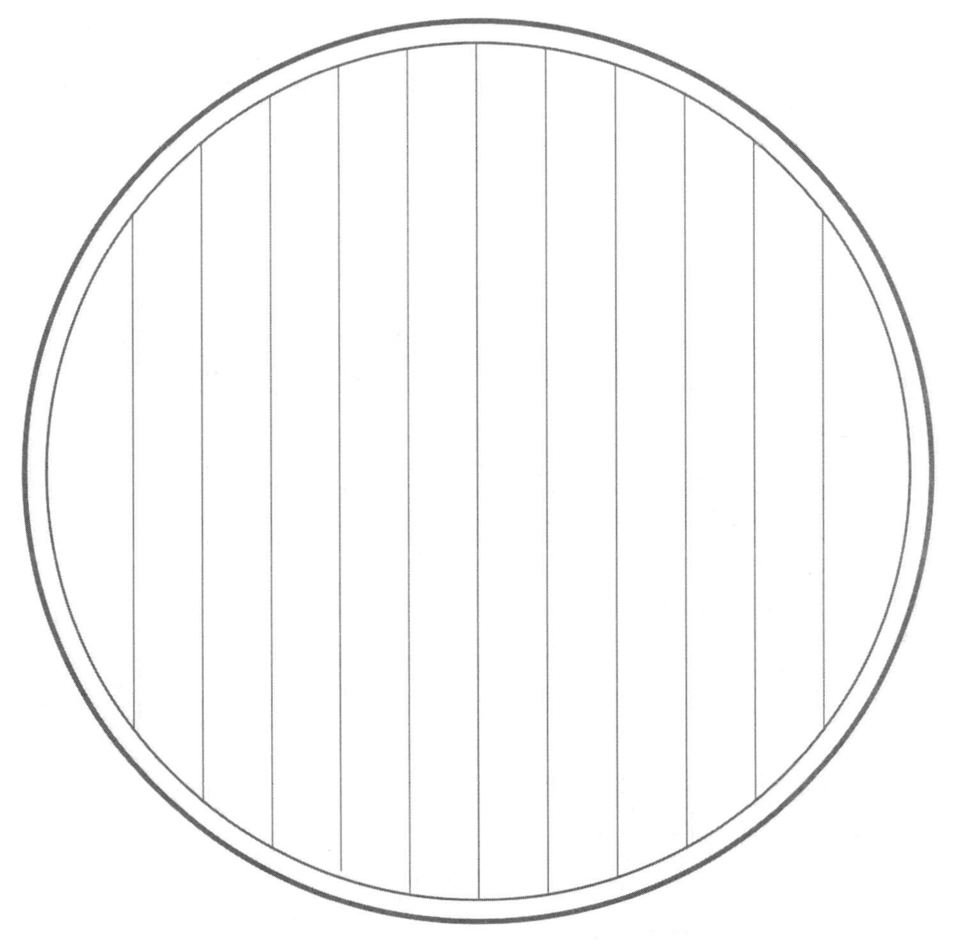

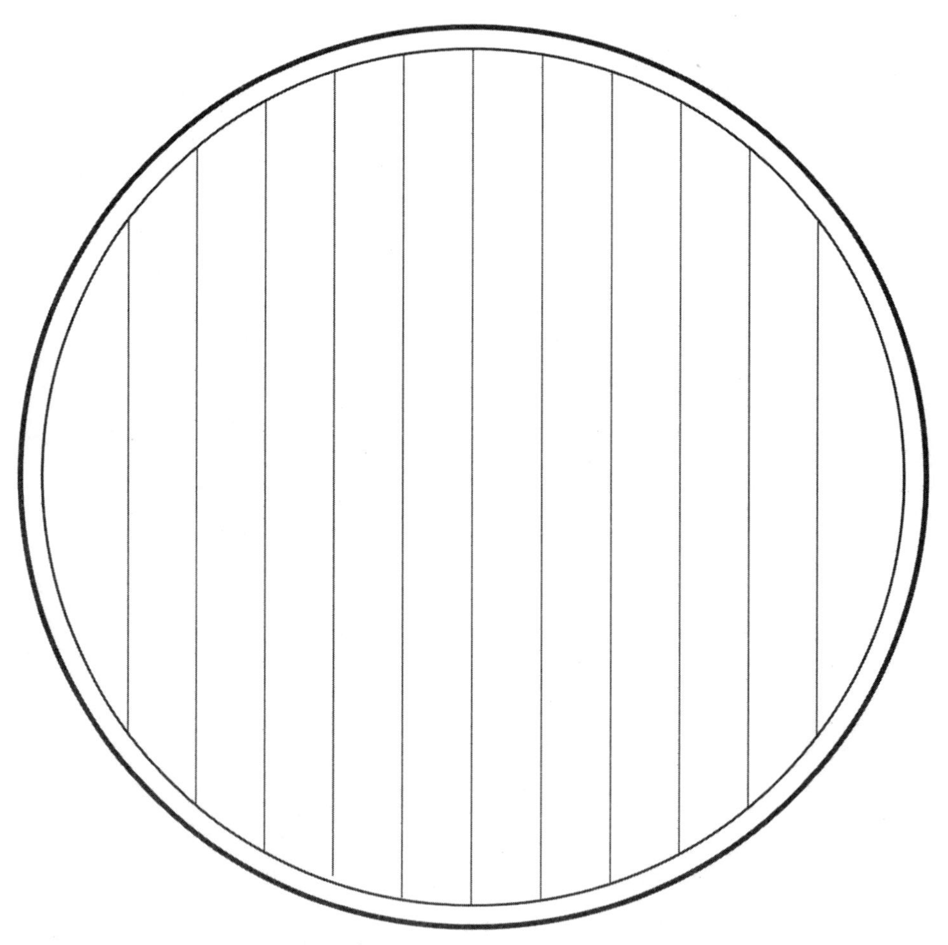